스트리밍 이후의 플랫폼

BOOK
JOURNALISM

스트리밍 이후의 플랫폼

발행일 ; 제1판 제2쇄 2023년 4월 3일
지은이 ; 노창희 발행인·편집인 ; 이연대
CCO ; 신아람 에디터 ; 박윤진
디자인 ; 최재성·유덕규 지원 ; 유지혜 고문 ; 손현우
펴낸곳 ; ㈜스리체어스 _ 서울시 중구 한강대로 416 13층
전화 ; 02 396 6266 팩스 ; 070 8627 6266
이메일 ; hello@bookjournalism.com
홈페이지 ; www.bookjournalism.com
출판등록 ; 2014년 6월 25일 제300 2014 81호
ISBN ; 979 11 969895 9 0 03300

BOOK
JOURNALISM

스트리밍 이후의 플랫폼

노창희

; 미디어 산업을 움직이는 주체가 달라지고 있다. 과거에는 정부가 소수의 방송 사업자에게 면허를 주면 각 사업자는 제약에 따라 움직이고 광고를 따내기 위해 경쟁했다. 하지만 새로운 스트리밍 생태계는 기술 혁신을 통해 시장에 진입한 사업자들로 구성된다. 사업자들은 이용자의 관심을 얻기 위해 노력하고 있다. 이제 미디어 환경을 주도하는 것은 이용자다.

차례

1 관심과 구독의 다이내믹스

5단계에 돌입한 넷플릭스

넷플릭스는 2022년 기준 전 세계 2억 명 이상의 가입자를 확보한 대표적인 글로벌 스트리밍 서비스다. 인터넷net과 영화flick의 합성어인 넷플릭스는 DVD 유통으로 시작해 전 세계에 콘텐츠를 제공하는 스트리밍 플랫폼 서비스로 성장했다. 넷플릭스는 데이터 기반 맞춤형 서비스를 제공하는 테크 기업인 동시에 오리지널 콘텐츠를 제작하는 콘텐츠 기업이다.

넷플릭스는 자사의 역사를 총 다섯 단계로 구분한다.[1] 첫 단계는 1997~2001년이다. 넷플릭스가 온라인에서 DVD 렌털 서비스를 시작한 시기다. DVD조차 생소했던 시기였다는 점을 감안하면 DVD를 온라인으로 유통한다는 발상은 기발한 만큼 위험한 시도였다.

그러나 넷플릭스는 사업의 안정성보다 소비자 편의에 초점을 맞췄다. 당시 미국의 비디오 대여 시장을 지배했던 블록버스터는 소비자가 직접 매장을 찾아 대여하고 반납하는 방식의 서비스를 제공하고 있었다. 넷플릭스 CEO 리드 헤이스팅스Reed Hastings는 기존 서비스의 불편함에 착안해 세계 최초의 온라인 영화 렌털 사업을 도입했다. 2000년에는 소비자의 구매 데이터를 바탕으로 영화를 추천하는 서비스를 시작했다. 추천 시스템은 넷플릭스 도약의 계기가 되었다.

2002~2006년, 넷플릭스는 스타트업을 넘어 규모를 갖춘

사업자로 자리매김했다. 2002년 나스닥에 상장했고, 2005년에는 가입자 수 400만 명을 돌파했다. 블록버스터를 비롯한 영화 유통 사업체들과의 치열한 경쟁이 본격화되었다. 당시 블록버스터는 넷플릭스에게 인수를 제안하기도 했다.[2]

2007년 넷플릭스는 인터넷 스트리밍 서비스를 시작하고 2011년까지 스트리밍 디바이스 기업들과 제휴를 맺는 일에 주력했다. 넷플릭스를 이용할 수 있는 디바이스의 범위를 확장하고 제공할 콘텐츠를 수급하기 위해 많은 노력을 기울인 시기다. 이 단계에서 글로벌 시장에 진출했다. 2010년 캐나다를 시작으로 이듬해 라틴 아메리카 및 카리브해 지역에서 서비스를 시작했다.

추천 시스템은 스트리밍 론칭 과정에서 효과적인 홍보 수단으로 작용했다. 모든 콘텐츠를 무제한 이용할 수 있는 월정액제는 이용자가 원하는 콘텐츠를 발견하는 데 많은 시간과 비용을 들여야 한다는 의미이기도 하다. 이용자의 취향에 맞춰 콘텐츠를 추천해 주는 기술은 필수가 됐다. 넷플릭스에 따르면, 이용자들이 본 콘텐츠의 80퍼센트가 추천 시스템을 거치고 있다.[3]

2012년은 넷플릭스가 첫 오리지널 콘텐츠를 제작한 해다. 그동안 구축된 빅데이터를 분석해 콘텐츠를 만든 것이다. 실리콘밸리 출신의 헤이스팅스는 창업 초기 데이터 기반 맞춤형 서비스를 제공하는 데 총력을 기울였다. 넷플릭스는 영화를 유통하는 회사였지만, 콘텐츠 회사보다는 기술 회사에 더 가까웠다. 오리지널 콘텐츠 제작을 계기로 기술을 통해 콘텐츠를 만드는 회사로 도약했다.

오리지널 콘텐츠는 넷플릭스의 핵심 자산으로 자리 잡았다. 데이터 분석 기업 패럿 애널리틱스Parrot Analytics가 분기별로 발표하는 글로벌 콘텐츠 수요 조사에 따르면 2019년 3분기 디지털 오리지널 콘텐츠 수요 가운데 넷플릭스의 비중은 61.3퍼센트로 압도적이었다. 2위는 아마존 프라임으로 12.4퍼센트에 그쳤다. 미국에서 가장 많이 보는 디지털 오리지널 콘텐츠 20개 중 10개 이상이 넷플릭스 오리지널 콘텐츠다. 1위부터 3위를 모두 넷플릭스 콘텐츠가 차지했다.[4]

2012년은 글로벌 진출을 본격화한 시기이기도 하다. 넷플릭스는 해외 사업자와 제휴해 현지 이용자의 니즈를 파악해 해외에서 성과를 내기 시작했다.[5] 2016년까지 한국을 포함해 전 세계 190여 개국에 진출하는 데 성공했다. 2017년 1분기 이후 유럽 지역 가입자 수는 140퍼센트 이상 증가했고, 아시아 태평양 지역의 가입자는 세 배 이상 증가했다.[6] 2019년 12월에 처음으로 지역별 성과를 발표한 넷플릭스는 현재까지 190여 개국에 2억 명이 넘는 가입자를 확보하고 있다.

마지막 다섯 번째 단계가 2017년 이후부터 현재다. 넷플릭스의 전략 자체는 변한 것이 없다. 오리지널 콘텐츠의 수가 늘고 진출한 국가가 많아진 것 외에는 큰 변곡점이 될 만한 사건은 없어 보인다. 2017년과 2018년 실적에도 2017년 글로벌 회원 수가 1억 명을 돌파한 것 외에는 모두 아카데미와 에미상 같은 수상 경력만 적혀 있다. 2017년을 성장의 변곡점으로 삼은 것은 넷플릭스가 기술 기업에서 콘텐츠 기업으로 나아가고 있음을 시사한다.

핵심은 넷플릭스가 기술 스타트업을 넘어 평단의 지지를 받는 콘텐츠 제작 기업으로 거듭나고 있다는 것이다. 상업적인 경쟁력뿐 아니라 비평적 가치가 넷플릭스의 오리지널 콘텐츠 제작 기준으로 부상하고 있다. 넷플릭스가 제작하고 알폰소 쿠아론Alfonso Cuarón 감독이 연출한 영화 〈로마Roma〉는 2018년 베니스 영화제에서 황금사자상을 수상하고, 2019년 아카데미 시상식에서는 15개 부문에 후보로 오르며 감독상, 외국어영화상, 촬영상까지 3관왕을 차지했다. 2020년 아카데미 시상식에서 유력한 작품상 후보였던 마틴 스콜세지Martin Scorsese 감독의 〈아이리시맨Irishman〉 역시 넷플릭스가 제작한 오리지널 콘텐츠다.

넷플릭스의 위기와 기회

2019년 미국의 넷플릭스 유료 가입자 수가 사상 처음으로 감소했다. 6030만 명을 기록하던 총 가입자 수는 2019년 1분기에 12만 명 이상 이탈하며 약 6010만 명으로 떨어졌다.[7] 3분기에는 신규 가입자 수가 50만 명 이상 증가하며 다시 상승 곡선을 탔지만 가입자 수 감소는 넷플릭스에게 분명한 위기의 신호였다.

넷플릭스의 위기는 OTT 스트리밍 시장의 활성화와 맞물려 있다. 디즈니, 애플, AT&T, NBC유니버설 같은 레거시 미디어들이 OTT 스트리밍 시장에 진입하기 시작하면서 경쟁이 치열해진 것이다. 애플과 디즈니는 디즈니플러스와 애플TV플러스라는 브랜드로 월정액 스트리밍 서비스를 론칭했다. 2020년에는 워너미디어의 HBO Max, NBC유니버설의 피콕Peacock, 드림웍스 CEO 출신 제프리 카젠버그Jeffrey Katzenberg의 퀴비Quibi 등이 경쟁에 뛰어들었다. 미국 소비자 기술 협회(CTA·Consumer Technology Association)는 2020년 미국 소비자들의 스트리밍 서비스 지출이 전년 대비 29퍼센트 증가한 241억 달러(29조 원)에 이를 것으로 전망했다.[8]

레거시 미디어들은 스트리밍 서비스에 공격적으로 투자하면서 자사 콘텐츠를 넷플릭스 등에 제한적으로 제공하기 시작했다. 콘텐츠 제작 비용으로 부채가 늘고 있지만, 넷플릭스는 당분간 공격적인 콘텐츠 투자를 지속할 것으로 보인다.

넷플릭스의 대표적인 혁신 기술인 데이터 기반 맞춤형

서비스도 독보적인 경쟁력이 되기는 어렵다. 패럿 애널리틱스는 월정액 플랫폼 간 경쟁이 치열해진 상황에서 기존 가입자의 선호도를 분석하고 예측하는 시스템에 의문을 제기한다. 넷플릭스가 현재 보유한 가입자 데이터로는 새롭게 유치해야 할 가입자의 니즈를 파악하는 데 한계가 있다는 주장이다.[9]

결국 위기를 돌파하기 위해서는 요금을 인상하거나 새로운 광고 모델을 도입해야 한다. 실제로 넷플릭스는 2019년 12년 만에 요금을 인상하기도 했다. 이어 2021년과 2022년에도 수익성 개선을 위해 넷플릭스와 디즈니플러스는 전 세계적으로 요금을 인상했다. 많은 전문가들이 넷플릭스의 가장 강력한 경쟁자로 꼽는 디즈니는 막대한 콘텐츠 라이브러리를 가지고 있는 데다 프리미엄 요금제 월 이용료가 10.99달러(연간 결제 시 109.99달러)로 스탠다드 요금제 기준 15.49달러인 넷플릭스보다 저렴하다. 12.99달러만 내면 디즈니플러스, 훌루Hulu, ESPN플러스 결합 상품도 이용할 수 있다. 2019년 11월 12일에 출시된 디즈니플러스는 한 달 만에 2400만 명의 가입자를 확보했고 디즈니플러스의 약진은 넷플릭스 위기론을 촉발시켰다.

그러나 넷플릭스가 스트리밍의 상징이 된 데는 분명한 이유가 있다. 넷플릭스 효과Netflix effect라고도 불리는 넷플릭스의 영향력은 소비자의 편의성을 고려한 개인화된 동영상 추천 기능을 강조한다.《이코노미스트The Economist》는 넷플릭스가 미디어 산업에 일으킨 변화를 넷플릭소노믹스Netflixonomics라고 명명하며 세계 미디어 시장의 패러다임을 바꾼 넷플릭스의 특징으로 오리지널 콘텐츠, 지속적인 콘텐츠 업데이트, 소비자 중심 사고를 꼽았다.[10] 넷플릭스의 영향력은 공급과 소비의 방식을 모두 바꿔 놓고 있다. 전통적인 영화 제작 방식에 갑갑함을 느낀 제작자들은 넷플릭스와 협업해 전위적인 작품을 만들기 시작했고 이용자들의 동영상 소비 방식도 변화하고 있다.

관심 경쟁

넷플릭스를 중심으로 발전한 스트리밍 서비스는 시간과 장소의 제약 없이 콘텐츠를 소비할 수 있는 환경을 조성했다. 이런 서비스를 일컫는 용어 OTT는 'Over The Top'의 약자로 영화나 방송 등 미디어 콘텐츠를 셋톱박스 없이 인터넷으로 연결된 디바이스로 보내는 것을 뜻한다. 이로써 TV 방송 편성과 같은 레거시 미디어의 시공간적 제약은 허물어졌다. OTT 서비스를 이용하면 언제, 어디서나 원하는 콘텐츠를 볼 수 있고 몰아보기binge-watching와 같은 새로운 방식의 영상 소비가 가능하다. 동영상 소비 리듬을 이용자가 능동적으로 조정할 수 있게 된 것이다. 이처럼 스트리밍 시장의 활성화로 나타난 새로운 미디어 소비의 특성은 파편화fragmentation[11]로 정의할 수 있다. 소비 시간과 방식이 소비자에 따라 각기 달라지면서 다양화되고 있다는 것이다.

스트리밍 시장이 활성화되면서 월 정액제를 기반으로 한 서비스가 주목받고 있다. 월 정액제 기반 사업자들의 경쟁력은 오리지널 콘텐츠 확보에 있다. 경쟁이 격화되어 오리지널 콘텐츠를 자사 플랫폼에서만 제공하는 경향이 심화되면, 원하는 콘텐츠를 보기 위해 기존에 이용하던 스트리밍 서비스의 구독을 해지하고 새로운 스트리밍 서비스에 가입하는 이용자가 늘어날 수 있다. 이미 구독하고 있는 스트리밍 서비스의 가치를 포기하지 못할 경우에는 여러 가지 스트리밍 서비스를 동시에 소비하는 이용자들이 증가할 가능성도 있다. 시장 조사 기업 파크 어소시에이츠Parks Associates는 2019년 미국인의 46퍼센트가 2개 이상의 스트리밍 서비스를 이용하고 있다고 밝혔다.[12] 2014년의 20퍼센트, 2017년의 33퍼센트에서 크게 성장한 결과다. 스트리밍 서비스 시장이 지속해서 성장한다면 디즈니플러스와 애플TV플러스는 넷플릭스의 경쟁자가 아닌 보완재가 될 가능성도 배제할 수 없다.

그러나 구독자의 관심이 제한적이라는 사실은 여전히 유효하다. 관심은 구독의 기본 조건이다. 미디어 학계의 세계적 권위자인 제임스 웹스터James Webster는 과거에는 미디어가 희소한 자원이었다면 이제는 이용자의 관심이 희소한 자원이 되었다고 말한다. 그는 이용자의 관심을 얻기 위해 미디어들이 경쟁하는 상황을 관심의 시장marketplace of attention이라고 명명한다.[13] 리드 헤이스팅스는 "넷플릭스의 경쟁 상대는 수면 시간"이라고 말한 바 있다.[14] 스트리밍 사업자들이 이용자의 관심을 목표로 삼고 있다는 것을 강조하는 표현이다. 사업자들은 한정된 관심을 끌어내기 위해 경쟁력 있는 콘텐츠를 확보하고 맞춤형 서비스 기능을 향상시키려고 노력할 수밖에 없다. 결국 넷플릭스가 초점을 맞추는 기술과 콘텐츠 투자는 모두 독자의 관심을 겨냥하고 있다.

이용자의 관심은 온라인 플랫폼의 중요한 자원이기도 하다. 온라인 플랫폼에서 이용자의 관심은 데이터 확보에 필요하다. 디지털 시장에서는 이용자들의 관심이 데이터라는 자원으로 쌓인다. 데이터가 쌓이면 이용자가 서비스를 편리하게 이용할 수 있는 맞춤형 서비스가 가능하다. 경영학자이면서 오랜 기간 IT 분야에 종사해 왔던 스콧 갤러웨이Scott Galloway는 페이스북이 활용하는 이용자의 데이터를 페이스북의 연료라고 표현한 바 있다.[15] 페이스북이나 구글 같은 온라인 플랫폼들이 접속 시간, 총 이용 시간, 접속 경로와 같은 데이터를 세분화해서 종합적으로 저장하는 이유다.

축적된 데이터는 이용자들이 선호하는 콘텐츠와 서비

스를 예측할 때 활용된다. 이 과정이 반복되면 많은 이용자들이 높은 충성도를 갖고 서비스를 이용하게 되고 광고 단가는 자연스럽게 올라간다. 이용자들의 관심이 모여 데이터가 쌓이고 데이터로 이익을 창출하는 선순환 구조가 만들어지는 것이다.

디즈니의 도전장

디지털 환경이 보편화하면서 많은 기업들이 소비자에게 직접 상품을 제공하고 있다. 콘텐츠 시장에서도 소비자와 직접 만나려는 기업들의 움직임이 본격화하고 있다. 대표적인 사례가 디즈니다. 많은 콘텐츠를 보유하고 있는 디즈니는 꾸준히 온라인에서 소비자와의 접점을 찾아 왔다. 2006년 디즈니는 픽사를 인수하고 영화사 최초로 애플의 아이튠즈에서 영화와 드라마를 판매하기도 했다.

그리고 2019년 말, 디즈니플러스를 론칭했다. 디즈니의 전 CEO 밥 아이거Bob Iger는 디즈니가 ABC, ESPN, 픽사, 마블, 스타워즈, 루카스필름을 갖고 있어도 소비자와의 직접 접점이 없다면 현재의 환경에 충분히 대응하기 어렵다고 말한 바 있다.[16] 콘텐츠만 제작하던 디즈니는 '소비자에게 직접 다가가기 위해Direct to Consumer' OTT 스트리밍 시장에 뛰어들었다.

또 다른 의미는 글로벌 시장에서 별도의 유통 창구를 거치지 않고 이용자에게 직접 자사 콘텐츠를 제공할 수 있게 되었다는 것이다. 인터넷으로 소비자와 연결되는 OTT는 방송사나 영화관을 통해야 하는 기존의 콘텐츠 유통 방식에 비해 글로벌 시장 진출이 쉽다. 디즈니는 이런 전략을 DTCI Direct to Consumer & International라고 표현한다. 소비자에게 직접 다가가면

서 글로벌 시장에 진출한다는 전략이다.[17]

　　유통망은 아날로그 환경보다 디지털 환경에서 더 쉽게 구축할 수 있다. 이미 마블 콘텐츠를 비롯한 다양한 콘텐츠를 글로벌 시장에 유통하고 있는 디즈니에게 OTT 시장 진출은 글로벌 입지를 강화할 수 있는 효율적인 방법이다. 문제는 어떻게 안정적인 체계를 구축할 것이냐다.

　　현재 OTT 시장의 구도는 콘텐츠 강자 디즈니에게도 쉽지 않은 경쟁을 예고하고 있다. 일각에서는 디즈니가 넷플릭스를 넘어설 것이라는 전망도 나오지만 OTT를 상징하는 대표 브랜드로 자리 잡은 넷플릭스는 만만한 상대가 아니다. 게다가 경쟁자는 넷플릭스만이 아니다. 아날로그 시대부터 디즈니와 치열한 경쟁을 벌여 왔던 NBC와 같은 방송사들도 OTT 시장에 진입했고, 애플도 스트리밍 시장에 진출했다.

　　그럼에도 디즈니플러스는 2019년 11월 12일 출시되자마자 가입자 1000만 명, 앱 다운로드 수 3200만 회를 돌파했다.[18] 서비스를 시작한 지 한 달이 조금 넘은 시점에서 미국에서만 2400만 명이 넘는 가입자를 확보했다.[19] 2022년에 디즈니플러스의 글로벌 가입자는 1억 6400만 명을 넘었다. 2024년까지의 디즈니플러스 가입자가 1억 3000만 명에 달할 것이라는 예측을 상회한 결과다.[20]

　　디즈니플러스의 강점은 강력한 콘텐츠 라인업이다. 오

랜 기간 축적해 온 자사 콘텐츠부터 이름만 들으면 알 만한 제작사, 유통사의 콘텐츠를 모두 이용할 수 있다. 프리미엄 서비스 가격도 10.99달러로 19.99달러인 넷플릭스보다 저렴하다. 2024년이 되면 100퍼센트 디즈니의 소유가 되는 스트리밍 서비스 훌루와 ESPN플러스까지 시청할 수 있다.[21] 구독 경제의 핵심이 가격 책정과 패키징인 점을 고려할 때 디즈니의 방대한 콘텐츠 라이브러리와 연관 상품을 결합하는 전략은 엄청난 강점이다.[22]

론칭 이후, 디즈니플러스는 크게 주목받았다. 2019년 미국 구글에서 가장 많이 검색한 단어가 Disney Plus일 정도였다.[23] 디즈니플러스가 OTT 시장의 핵심 플레이어로 자리 잡을 것이라는 사실만큼은 분명해 보인다. 하지만 많은 사람들은 여전히 디즈니가 넷플릭스를 넘어설 수 있을지 의문을 갖고 있다.[24] 넷플릭스의 입지는 여전히 공고하다. 코로나19 사태 이후 2020년 1분기에만 세계 가입자 약 1600만 명을 끌어모았다. 대표 콘텐츠의 브랜드 파워도 강력하다. 넷플릭스와 디즈니플러스의 대표적인 오리지널 콘텐츠 〈더 위쳐The Witcher〉와 〈더 만달로리안The Mandalorian〉의 여론 영향력을 비교한 결과에서도 〈더 위쳐〉가 우위를 차지했다.[25]

경쟁에 영향을 미치는 다양한 요소 가운데 핵심은 가격, 인터페이스, 콘텐츠다. 먼저 가격 경쟁력은 디즈니가 앞선다. 디즈니플러스는 월 7.99달러로 베이직 서비스를 이용할 수 있다. 넷플릭스 베이직 가격인 9.99달러보다 저렴하다. 이용 경험에 있어서는 넷플릭스가 아직 디즈니플러스보다 우위에 있다는 평가가 지배적이다. 콘텐츠 측면에서는 디즈니가 우위를 점할 가능성이 높아 보인다. 이미 저작권을 확보한 콘텐츠가 많을 뿐 아니라 콘텐츠의 다양성과 수급 능력에서 앞서 있기 때문이다. 하지만 스트리밍 영역에서 디즈니의 콘텐츠가 넷플릭스의 오리지널 콘텐츠보다 경쟁력을 갖추고 있다고 자신 있게 말하기는 어렵다. 소비자들은 디즈니의 방대한 콘텐츠보다 넷플릭스에서만 볼 수 있는 오리지널 콘텐츠의 경쟁력을 높이 평가할 수 있다.

〈아이리시맨〉을 연출한 거장 감독 마틴 스콜세지는 마블의 영화를 시네마가 아니라 테마파크에 가깝다고 비판했다. 스콜세지는 마블 시리즈가 속편보다는 리메이크에 가깝고 제작 과정의 대부분이 제작사의 통제 아래 이루어진다는 측면에서 자신의 영화관에 부합하지 않는다고 지적했다.[26] 실제로 디즈니의 콘텐츠 제작 방식과 넷플릭스의 콘텐츠 제작 방식은 판이하게 다르다. 넷플릭스와 디즈니플러스의 경쟁에서 콘텐츠가 중요한 부분을 차지한다는 점을 고려했을 때, 서로 다른 콘텐츠 제작 방식으로 인한 결과도 관전 포인트다.

공격적인 M&A

디즈니는 1923년에 스튜디오를 설립해 애니메이션을 위주로 제작하다가 1983년에 디즈니 채널을 론칭하면서 유료 방송 시장에 진출했다. 1995년에는 ABC 인수로 지상파 네트워크를 확보하면서 방송 시장 내 영향력을 확대했다. 디즈니의 인수·합병M&A 전략은 2005년 아이거가 CEO로 부임한 이후 본격화했다. 2006년 디즈니는 애니메이션 스튜디오를 다시 활성화시키려는 목적으로 픽사를 인수한다. 픽사 인수로 애니메이션 스튜디오에 활기를 불어넣는 데 성공하면서 〈겨울왕국Frozen〉과 같은 흥행작을 다수 제작했다. 픽사 인수는 디즈니가 애니메이션 시장에서 상대적으로 고전했던 2000년대의 위기를 돌파하고 애니메이션 시장 경쟁력을 재확보하는 계기가 됐다.

픽사 인수는 키즈 콘텐츠 시장에서 원천 자원 경쟁력을 확보했다는 점에서도 매우 의미 있는 결정이었다. 키즈 콘텐츠는 특히 스트리밍 시장에서 강점으로 작용할 것이다. 가정에 있는 단말기를 통해 온 가족이 함께 볼 수 있는 현재의 스트리밍 서비스 환경에서 아이와 함께 시청할 수 있는 키즈 콘텐츠는 가입자를 유인하는 강력한 수단이 될 것이다.

2009년의 마블 인수 결정은 업계에서 '신의 한 수'로 불린다. 마블 인수는 글로벌 영화 시장뿐 아니라 스트리밍 시장의 경쟁력을 확보하는 데 크게 기여했다. 디즈니가 마블을 인수한 주된 목적은 방대한 지적 재산권intellectual property을 확보하기 위해서였다.[27]

마블을 논할 때 빠지지 않고 등장하는 용어가 트랜스미디어 스토리텔링이다. 트랜스미디어는 '초월', '횡단'과 같은 뜻을 가지고 있는 'trans'와 'media'의 합성어로 플랫폼과 콘텐츠의 경계를 뛰어넘는 서사를 제공하는 콘텐츠 소비 방식을 의미한다.[28] 융합에 따른 문화 현상을 오랜 기간 연구해 온 헨리 젠킨스Henry Jenkins는 트랜스미디어 스토리텔링을 다양한 플랫폼을 통해 구현되는 서사라고 설명한다.[29] 이용자들은 마블이 구축한 콘텐츠의 상호 연계성에 주목하면서 거대한 세계 안의 이야기를 경험할 수 있다. 물론 마블의 거대한 서사에 불편함을 호소하는 이용자들도 있다. 〈어벤져스 엔드게임〉이 개봉했을 당시 21편의 전작을 보지 않으면 〈어벤져스 엔드게임〉을 보러 갈 수 없다는 말이 나왔을 정도로 말이다. 하지만 디즈니 입장에서 이와 같은 트랜스미디어 전략은 마블 팬들의 충성심을 높이고 이용자를 지속적으로 포획할 수 있는 수단이다.

마블 시리즈의 트랜스미디어 전략은 플랫폼 영역에서도 구사할 수 있다. 스트리밍 경쟁이 치열해지고 있는 상황에서 디즈니는 향후 자사 콘텐츠를 자사 플랫폼에서만 독점으로 제공할 가능성이 크다. 콘텐츠 경쟁력이 높을 뿐 아니라 콘텐츠 간 연계성이 강한 마블 콘텐츠의 특성은 독점 제공의 효과를 강화할 것이다. 마블의 영화를 좋아하는 이용자들이라면 디즈니 플랫폼을 선호할 수밖에 없다.

2012년 루카스필름 인수는 지적 재산권과 특수 기술을 확보하는 수단이었다. 루카스필름을 인수하면서 디즈니는 할리우드를 상징하는 대작 시리즈인 〈스타워즈〉를 확보했다. 이로써 디즈니는 향후 새로운 〈스타워즈〉 은하계를 창조해나갈 수 있는 권리를 획득했다. 2019년에는 폭스를 합병하는데 그해 3월을 기준으로 디즈니의 미국 박스 오피스 시장 점유율은 26퍼센트, 폭스는 9.1퍼센트였다. 디즈니는 폭스와의 합병으로 미국 내에서 35퍼센트 이상의 영화 시장 점유율을 확보하게 된 것이다.[30] 폭스가 소유한 〈엑스맨〉뿐 아니라 내셔널지오그래픽 등의 콘텐츠는 디즈니가 가지고 있는 라이브러리에 다양성을 추가하면서 브랜드의 타깃을 확장했다.

디즈니는 콘텐츠뿐 아니라 스트리밍 서비스를 위한 플랫폼 부문의 기술적인 투자도 지속해 왔다. 2009년에 훌루의 지분을 확보했고, 2016년에는 메이저리그MLB 스트리밍 전송 서비스를 제공했던 밤테크BAMTech를 인수하면서 서비스 기술을 강화했다. 이를 통해 2018년에 ESPN플러스를 선보이고 2019년에는 디즈니플러스를 론칭하며 스트리밍 시장에 본격적으로 진입한다.

스마트 생태계 애플TV플러스

애플이 구축한 스마트 미디어 생태계는 스트리밍 서비스 활성화의 발판이 되었다고 볼 수 있다. 애플이 등장한 이후로 스마트폰을 통해 동영상을 보고 콘텐츠를 소비하는 행위는 일상이 됐다. 2007년에 넷플릭스가 처음 스트리밍 서비스를 시작할 때만 해도 온라인 비디오 유통 시장에서 넷플릭스 모델이 보편화될지 아이튠즈 모델이 보편화될지 답은 명확하지 않았다. 당시 아이튠즈의 가격 정책에 불만을 품은 NBC가 콘텐츠 공급을 중단했다가 1년 만에 다시 애플에게 콘텐츠를 공급한 일화는 온라인 비디오 유통 시장에서 애플이 갖는 영향력을 보여 주는 사건이었다.[31]

팀 쿡Tim Cook이 CEO가 된 이후 애플은 스티브 잡스 체제에 비해 안정을 추구하는 회사로 변모했다. 그럼에도 애플은 혁신을 지속할 것이고 그 방향성 또한 명확해 보인다. 애플의 2019년 3분기 매출을 살펴보면 전체 매출이 전년 대비 2650억 달러(326조 원)에서 2600억 달러(320조 원)로 감소했지만 서비스 영역의 매출은 397억 달러(48조 원)에서 462억 달러(56조 원)로 증가했다.[32] 4분기에 단말기의 매출은 전년 동기 대비 7343억 달러(905조 원)에서 7910억 달러(975조 원)

로 상승하며 서비스 매출보다 높은 상승 폭을 기록했지만 아이폰 11과 아이폰 11프로의 영향이라는 점을 감안해야 한다. 장기적으로는 앱스토어와 애플뮤직 같은 서비스의 성장 가능성이 더 높다고 볼 수 있다.[33] 애플이 2019년 회계 연도에 앱스토어를 통해 얻은 수익은 연간 500억 달러(61조 원) 규모로 추정된다. 《포천》이 선정하는 500대 기업 중 64위 기업의 연간 매출에 버금가는 수준이다.[34]

애플은 향후 단말기 외에 부가적인 서비스를 통해 수익을 확보하려 할 것이다. 애플의 서비스 포트폴리오에서 애플TV플러스와 같은 서비스 영역이 차지하는 비중은 더욱 높아질 것이다. 서비스 영역의 매출이 중요해지고 있는 애플에게 스트리밍 시장 진입은 당연한 수순으로 보인다. 실제로 애플은 디즈니와 거의 비슷한 시기에 스트리밍 서비스를 시작했다. 애플 단말기에 익숙한 사람이라면 애플이 제공하는 스트리밍 서비스인 애플TV플러스를 이용할 가능성이 높다. 애플 이용자들은 기본적으로 충성도가 높다. 애플의 단말기와 서비스를 이용한다는 것에 대한 자부심도 큰 편이다. 애플과 같은 단말기 사업자가 스트리밍 서비스를 제공하면 경쟁 우위를 점할 가능성도 있다. 애플처럼 브랜드 파워가 센 경우라면 더 그렇다. 갤러웨이는 애플의 최대 강점으로 브랜드 이미지를 꼽는다.[35] 애플은 서비스의 편의성, 소프트웨어 생태계와 단말기의 연계성 등 다양한 이점이 있지만 이용자가 애플을 계속해서 찾는 이유는 스티브 잡스로 표상되는 애플의 상징성 때문이다. 이는 이용자가 애플에서 제공하는 스트리밍 서비스를 긍정적으로 인식할 가능성이 높다는 의미로도 해석할 수 있다.

편리한 앱스토어와 결제 시스템은 애플의 또 다른 강점이다. 이는 애플 이용자들이 다른 단말기로 이동하는 것을 어렵게 만드는 요인이기도 하다. 그러나 월정액 스트리밍 시장은 새로운 이용자를 유인해야 하는 영역이다. 스트리밍 서비스는 앱스토어처럼 수수료를 통해 수익을 올리는 구조가 아니다. 게다가 콘텐츠는 다른 소프트웨어처럼 단말기와의 연계성이 크지 않다.

그럼에도 애플은 서비스 패키지 구성 측면에서 넷플릭스와 디즈니에 비해 선택의 폭이 넓다. 애플은 단말기, 앱 이용자, 유료 구독 모델 가입자까지 다양한 정책을 실험하면서 성장할 수 있는 포트폴리오를 갖추고 있다. 기존 서비스의 만족도와 경쟁력을 바탕으로 다른 구독 서비스를 판매하는 교차 판매cross-sell 전략으로 결합 상품을 제공할 수도 있다.[36] 이런 측면에서 본다면 애플에게는 넷플릭스나 디즈니가 아닌 구글과 아마존이 경쟁 상대일지도 모른다. 애플의 궁극적인 목표는 스트리밍 서비스 자체가 아니라 스마트 생태계와 플랫폼 시장에서 영향력을 확대하는 것일 수 있다.

애플은 현재 단말기 이용자들에게 혜택을 주는 방식으로 가입자를 확보하고 있다. 아이폰, 맥, 아이패드 등 단말기를 구매하면 1년 동안 애플TV플러스를 무료로 이용할 수 있다. 애플뮤직에 가입한 학생들에게 한시적으로 애플TV플러스를 무료로 제공하기도 했다. 애플뉴스플러스, 애플TV플러스, 애플뮤직을 결합 상품 형태로 서비스하는 것도 검토하고 있다.

디즈니플러스에 비하면 애플TV플러스에 대한 시장의 관심은 여전히 떨어지는 편이다. 현재 스트리밍 시장에서 가장 큰 경쟁력의 원천인 오리지널 콘텐츠가 부족하기 때문이다. 하지만 애플은 2020년에 전 HBO CEO였던 리처드 플레플러Richard Plepler가 설립한 이든 프로덕션Eden Productions과 5년간의 콘텐츠 독점 계약을 체결했다. 이든 프로덕션은 영화, 예능, 다큐멘터리 등 다양한 장르의 콘텐츠를 제작할 예정이다.[37] 2019년에 애플은 60억 달러(7조 원) 이상을 콘텐츠에 투자할 것이라고 발표하기도 했다.[38]

넷플릭스도 오리지널 콘텐츠를 제작한 지 10년이 되지 않았다. 비디오 타이틀 배송 기업으로 출발한 넷플릭스는 불과 10년 사이에 아카데미 수상 작품을 제작하는 유력 콘텐츠 기업으로 변모했다. 애플의 콘텐츠 시장 경쟁력도 충분히 성장할 가능성이 있다. 향후 애플TV플러스가 보유하게 될 오리지널 콘텐츠의 수준과 양에 따라 스트리밍 시장의 경쟁 구도는 달라질 수 있다.

미래의 콘텐츠

현재의 미디어 지형은 막대한 제작비가 필요한 오리지널 콘텐츠부터 오랫동안 조금씩 소비되는 롱테일 영역의 콘텐츠까지 다양한 유형의 콘텐츠가 공존하고 있다. 스트리밍 서비스의 성장으로 콘텐츠의 유형은 더욱 다양해질 것이다. 숏폼 콘텐츠의 활성화는 모바일 미디어 이용 시간이 늘면서 나타나는 자연스러운 현상이다. 집에서 콘텐츠를 소비하는 경우 미러링(mirroring, 스마트 기기의 화면과 사운드를 다른 장치에 그대로 재현하는 기술)을 통해 큰 단말기로 스트리밍 서비스를 이용하는 것이 가능하지만, 이동 중에 일상적으로 콘텐츠를 이용하는 경우에는 높은 몰입도를 요구하는 장편 오리지널보다는 짧은 시간을 투입해 소비할 수 있는 숏폼 콘텐츠가 훨씬 편리하다. 10분 이하의 짧은 동영상만 서비스하는 플랫폼 퀴비의 등장은 숏폼 콘텐츠의 경쟁력을 가늠하는 중요한 실험으로 여겨지기도 했다.

　　콘텐츠의 품질은 지속적으로 향상될 것이다. 넷플릭스가 콘텐츠 제작에 들이는 비용을 비판적으로 보는 시각도 있지만 주오라Zuora의 CEO 티엔 추오Tien Tzuo처럼 콘텐츠 투자가 충분히 가치 있는 전략이라고 주장하는 전문가도 있다. 콘텐츠 제작 단가가 높아지는 만큼 콘텐츠 제작 시장의 가치도 커지고 있다. 넷플릭스는 사업 자체를 중단하지 않는다면, 현재 지속하고 있는 정도의 콘텐츠 투자를 멈추지 않을 것이다. 애플도 콘텐츠 투자에 나서고 있다. 디즈니는 현재 보유하고 있는 콘텐츠의 경쟁력을 바탕으로 디즈니플러스에서 유통할 콘텐츠에도 투자할 것이다.

스트리밍 서비스의 발달은 영상 콘텐츠의 시조라고 할 수 있는 영화 산업에도 큰 영향을 미칠 것이다. 스트리밍 서비스로 영화 산업이 위축될 것이라는 전망이 있었지만, 디즈니의 시장 진출로 방향은 달라지고 있다. 영화 사업자이기도 한 디즈니는 결코 영화 산업의 위축을 바라지 않을 것이기 때문이다. 게다가 영화 산업은 스트리밍 시장보다 부가 가치가 훨씬 높은 산업이다. 투자비는 많이 들지만 그만큼 기대할 수 있는 수익도 높다. 음반 시장에서 이미 증명되었듯, 디지털 플랫폼 서비스는 아날로그 방식의 소비에 비해 소비자 1인당 수익이 훨씬 적다. 저렴한 가격은 이용자의 입장에서 매력이지만, 사업자의 입장에서는 위험 요소다. 영화 산업 내부에 넷플릭스를 적대적으로 바라보는 세력이 존재하는 이유도 여기에 있다. 극장에서 개봉하지 않고 넷플릭스에서 방영하는 콘텐츠를 영화라고 부를 수 있는지에 대한 의문부터 스트리밍 콘텐츠와 영화 산업의 경계를 놓고 벌어지는 논쟁까지 최근의 갈등은 디즈니처럼 영화 산업과 스트리밍 서비스가 모두 소중한 사업자에게는 만만치 않은 고민거리다. 특히 코로나19로 인해 극장 관객 수가 현저히 적어진 2020년은 영화라는 매체가 가진 성격을 본격적으로 고민하는 계기가 되었다.

콘텐츠 소비 측면에서는 과시적 소비가 증가할 가능성이 있다. 사회학자 소스타인 베블런Thorstein Veblen은 가치 있는 재화를 과시적으로 소비하는 것이 개인의 명성 획득을 위한 하나의 방편이라고 지적한 바 있다.[39] 구독자 수가 가파르게 증가하는 스트리밍 서비스 시장에서도 브랜드는 내가 어떤 사람인지를 보여 주는 척도가 될 수 있다. 애플 이용자들의 상당수가 애플이 지닌 브랜드 이미지 때문에 애플을 지속적으로 이용하는 것과 비슷한 맥락이다. 따라서 스트리밍 서비스 간의 브랜드를 둘러싼 경쟁이 일어날 가능성이 높다. 결국 넷플릭스가 지난 10여 년간 노력해 온 것처럼 문화적, 비평적인 관점에서 가치 있는 콘텐츠를 확보하기 위한 경쟁이 치열하게 나타날 것으로 보인다.

방송 vs. OTT

2016년 넷플릭스가 국내에 진출한 이후, 국내 콘텐츠 업계에서 글로벌 사업자들의 동향은 참고할 만한 해외 사례가 아닌 직접적인 영향을 미칠 중대한 변화로 인식되기 시작했다. 국내 시장에서는 유튜브 등이 활발하게 소비되고 있었고, 페이스북을 통한 동영상 소비 시간도 상당히 많은 편이었다. 그러나 드라마와 영화 부문에서 국내 제작 콘텐츠의 영향력이 크다는 점 등으로 인해 해외 스트리밍 사업자의 파괴력에 대한 우려는 크지 않았다.

초기에는 기존 유료 방송 대체 여부, 즉 코드커팅cord-cutting이 업계 안팎의 최대 관심사였다. 코드커팅은 인터넷 기반 TV 서비스가 유료 방송을 대체하는 현상을 말한다. 이용자들이 케이블TV와 같은 유료 방송을 더 이상 보지 않는 이유가 스트리밍 서비스 이용 때문인지는 경험적으로 검증하기 어렵다. 다만 스트리밍 시장이 이미 활성화된 미국에서는 스트리밍 이후 코드커팅이 본격화하고 있다고 보는 시각이 우세하다.

미국의 방송과 통신 규제 전반을 관장하는 기관 미국 연방통신위원회FCC는 스트리밍 시장이 활성화되면서 스트리밍 서비스와 기존 유료 방송 서비스 간 경쟁 관계를 지속적으로 검토하고 있다.[40] FCC는 2019년 일부 지역에서 AT&T가 제공하는 스트리밍 서비스 다이렉트 TV 나우Direct TV Now가 기존 유료 방송 사업자와 유효한 경쟁 관계에 있다고 판단하기도 했다.[41] 하지만 아직까지 스트리밍 서비스를 방송의 대체재로 인정하고 이를 규제에 적용하지는 않고 있는 상황이다.

국내에서는 여전히 유료 방송 가입자 수가 소폭 상승하고 있다. 코드커팅이 발생하고 있다고 보기는 어려운 상황이다. 과학기술정보통신부가 발표한 공식 집계 결과에 따르면 2019년 상반기 기준으로 국내 유료 방송 가입자 수는 3303만 명으로 2018년 하반기에 비해 54만 명 증가한 것으로 나타났다.[42] 국내는 미국과 달리 유료 방송 월정액 이용료가 저렴한 편이어서 넷플릭스의 시장 진입이 유료 방송 시장에 미치는 영향이 크지 않을 것이라는 전망이 우세하다. 넷플릭스 이용료가 국내 유료 방송 시장 플랫폼 월정액 이용료와 비슷한 상황에서 넷플릭스를 이용하는 국내 가입자는 많지 않을 것이라는 관측이 더 많았다.

하지만 글로벌 스트리밍 사업자가 일으킬 미디어 생태계의 변화를 코드커팅의 관점에서만 다루는 것은 단편적이다. 넷플릭스는 한국 가입자 규모를 공식적으로 발표하지 않고 있지만, 앱 데이터 분석 서비스 와이즈앱·와이즈리테일에 따르면 2019년 10월 기준으로 넷플릭스의 국내 유료 가입자 수가 200만 명에 달한다. 성장 폭도 가파르다. 2018년 2월 국

내 가입자 수가 40만 명이었던 것을 감안하면 1년 8개월 만에 다섯 배 증가한 것이다.[43]

2019년 지상파 3사와 SKT가 제휴하여 론칭한 국내 스트리밍 플랫폼 웨이브Wavve도 2019년 11월 말 기준으로 가입자 수 315만 명을 넘어섰다. 이 가운데 유료 가입자는 140만 정도다.[44] 2019년 11월 KT에서 출시하고 2022년 CJ ENM의 티빙TVING에 합병된 시즌Seezn도 300만 명의 가입자를 확보한 것으로 추정되었다.[45] 디지털 영역에서 동영상 관련 광고 매출도 지속적으로 증가하고 있다.[46] 디지털 광고 영역의 성장을 견인하고 있는 것이 모바일 동영상 서비스다.

유료 방송 가입자 수가 줄지 않은 상황에서 넷플릭스 가입자 수가 증가하고 있다는 것은 국내 동영상 시장의 수요가 커지고 있다는 의미다. 스트리밍 시장이 기존 방송 시장의 파이를 잠식할 가능성도 있지만, 새로운 시장을 창출할 가능성도 있다. 실제로 방송과 스트리밍 플랫폼을 모두 이용하는 소비자들은 두 서비스를 구분해서 생각하지 않는다는 것이다. 방송 콘텐츠를 넷플릭스나 웨이브 같은 스트리밍 플랫폼을 통해 소비하는 이용자도 있고, 넷플릭스에 가입했지만 넷플릭스 오리지널 영화를 반드시 극장에 가서 보려는 이용자도 있다. 같은 콘텐츠일지라도 이용자가 원하는 소비 경험에 따라 다양한 선택을 할 수 있는 환경이 조성된 것이다.

결국 기존 방송 사업자들의 어려움은 가중될 것으로 보인다. 방송 광고는 지속적으로 감소하고 있고 유료 방송 플랫폼 가입자 규모는 포화 상태에 가까워지고 있다.[47] 한한령 이전에는 중국 자본을 중심으로, 넷플릭스의 국내 진입 이후로는 넷플릭스를 중심으로 한 외국 자본은 더욱 공격적으로 투자에 나서고 있다. 외국 자본이 국내 콘텐츠 제작 시장에 투입되면서 제작비 확보는 수월해졌지만 중장기적으로는 외국 자본에 대한 의존도가 높아져 국내 제작 시장이 공동화될 가능성도 있다. 넷플릭스 국내 가입자는 갈수록 늘어날 것이고 국내 사업자들도 스트리밍 시장에 대한 투자를 강화할 전망이다. 온라인 영역의 동영상 소비가 증가하면서 기존 방송 광고 시장은 더욱 어려워질 것이고 콘텐츠 제작 시장에서 글로벌 OTT 사업자의 영향력은 더욱 커질 것이다.

급증하는 제작비

저널리스트 토드 스팽글러Todd Spangler는 넷플릭스가 지속하고 있는 막대한 콘텐츠 투자를 빈지투자binge-spending라고 일컬었다.[48] 영상을 한꺼번에 몰아보는 빈지뷰잉binge-viewing처럼 대규모 자본을 한꺼번에 투입하는 것을 의미하는 용어다. 스팽글러가 지적한 것처럼 넷플릭스는 지금까지 지속적으로 콘텐츠 투자를 늘려왔고, 앞으로도 콘텐츠 투자를 늘려갈 것으로 보인다. 경쟁은 치열해지고 있는데, 콘텐츠 확보는 갈수록 어려워지고 있기 때문이다.

자연히 오리지널 콘텐츠에 투입되는 비용은 늘고 있다. 넷플릭스, 디즈니와 같은 미국의 글로벌 콘텐츠 상위 10개 사업자들은 2019년 오리지널 콘텐츠에 약 1129억 달러(139조 원)를 투자했다. 디즈니는 278억 달러(34조 원), 컴캐스트 154억 달러(18조 원), 넷플릭스는 150억 달러(18조 원)의 비용을 콘텐츠 수급을 위해 투자한 것으로 추정되고 있다.[49]

콘텐츠에 가장 많이 투자한 사업자는 역시 디즈니다. 디즈니는 방송, 영화를 제작할 뿐 아니라 복수의 스트리밍 서비스를 운영하고 있다. 다른 사업자에 비해 콘텐츠에 많이 투자할 수밖에 없는 구조다. 게다가 디즈니는 2019년 제작 투자비 기준으로 상위 10개 사업자에 들어간 또 다른 사업자 폭스를 인수했다.

넷플릭스는 2020년 콘텐츠 부문에 173억 달러(21조 원)을 투자했다.[50] 2019년 국내에서는 웨이브가 협상하고 있었던 콘텐츠 제작 기획을 넷플릭스가 더 많은 비용을 투입해 확보했다는 보도도 나왔다.[51] 넷플릭스는 국내에서 콘텐츠 경쟁력이 가장 뛰어나다는 평가를 받고 있는 두 사업자 CJ ENM, JTBC와 콘텐츠 제휴 협약을 맺기도 했다.[52]

현재 스트리밍 시장에서 가장 중요한 경쟁 수단은 오리

지널 콘텐츠다. 스트리밍 시장의 경쟁이 치열하지 않을 때는 비교적 평화로운 공존이 가능했다. 넷플릭스가 월정액 스트리밍 시장의 독보적인 사업자였을 때는 디즈니도 넷플릭스를 후속 유통 창구로 활용해 왔다. 디즈니는 넷플릭스에게 판권을 주고 수익을 거두면서 전 세계에서 가장 많은 유료 가입자를 보유한 넷플릭스로 홍보 효과를 거두기도 했다. 하지만 이제는 상황이 달라졌다. 넷플릭스의 경쟁자가 된 디즈니는 콘텐츠 제공의 범위를 좁혀 나가고 있다.

콘텐츠에 많이 투자하는 만큼 제작 단가도 상승하고 있다. 2018년 국내 방송 산업 전체 제작비는 3조 원에 조금 못 미치는 2조 9952억 원이었다. 2008년 제작비 1조 4594억 원에 비해 두 배 가까이 상승했다. 매출도 늘고 있다. 2008년 국내 방송 사업 매출은 8조 6000억 원으로 국내 총생산GDP 대비 0.74퍼센트 수준이었으나, 2018년 방송 사업 매출은 17조 3000억 원으로 GDP 대비 9.1퍼센트에 달했다.[53]

문제는 방송사와 스트리밍 플랫폼이 경쟁력을 확보하는 데 결정적인 영향을 미치는 장르인 드라마 제작비가 상식적으로 납득하기 힘든 수준으로 상승하고 있다는 것이다. 국내 드라마 제작비는 2000년대 초반부터 본격적으로 늘었다. 2000년을 전후로 한류 시장에 대한 기대감이 높아졌고 이 과정에서 일본, 중국 등에서 인기가 높은 스타들의 출연료와 스타 작가 인건비가 높아지면서 드라마 제작 비용이 급증한 것이다. 생산의 일부인 작가와 출연자의 가치가 판매 제품인 콘텐츠 전체의 가치를 넘어서고 있다는 지적까지 나올 정도다.[54]

2004년에 제작되어 한류를 상징하는 작품이 된 〈대장금〉의 편당 제작비는 1억 3000만 원 수준이었다. 그로부터 2년 후인 2006년에 방영된 〈주몽〉의 회당 제작비는 2억 6600만 원으로 〈대장금〉의 두 배로 늘었다. 2009년에 방영된 〈아이리스〉의 편당 제작비는 10억 원으로 치솟았다. 2019년에 방영한 〈아스달 연대기〉의 평균 제작비는 30억 원이었다. 10년 사이에 A급 드라마 제작 단가가 세 배가량 상승한 것이다. 현재 국내 A급 드라마의 경우 회당 제작비는 최대 20억 원 선으로 알려져 있다. 윤종빈 감독이 연출하고 하정우와 황정민이 출연한 〈수리남〉의 편당 제작비는 55억 원에 달하기도 했다.[55] 드라마 제작비가 광고 수입을 넘어서는 경향이 나타난 지도 오래다.[56]

드라마 제작비는 왜 계속 상승하는 것일까? 일차적으로는 투자의 위험 부담이 큰 만큼 성공할 경우 큰 이익을 얻을 수 있기 때문이다. 2019년에 큰 성공을 거둔 드라마 〈동백꽃 필 무렵〉을 제작한 팬 엔터테인먼트의 주가는 방영 한 달 전 3060원에서 종영 직후 5000원을 돌파했다. 2020년 초 4000원 후반 대를 유지하면서 시가 총액은 드라마 방영 전후로 330억 원 증가했다. 한 편의 드라마로 제작사의 가치가 급격히 높아지면 앞선 실패를 만회할 기회도 생긴다.[57]

중국 자본도 제작비 상승의 요인이다. 한한령 이전인 2016년 상반기까지 국내 드라마는 중국에서 높은 가격에 판매됐다. 중국 판권의 평균 단가는 2015년에 비해 200퍼센트 상승했다. 중국 수출을 목표로 제작된 드라마 〈태양의 후예〉는 130억 원의 제작비를 투자했고, 중국 독점 전송권은 회당 23만~30만 달러(2억~3억 원)에 팔려 나간 것으로 알려져 있다. 〈태양의 후예〉를 제작한 제작사 NEW의 2대 주주는 중국 기업 화처미디어로 2014년에 535억 원을 투자했다.[58]

〈태양의 후예〉를 계기로 중국 자본을 비롯한 해외 자본이 국내 콘텐츠 시장에 미칠 영향에 관한 논의도 활발해졌다. 중국 기업이 국내에서 제작된 콘텐츠로 벌어들인 수익이 국내 제작사나 방송사가 거둔 수익보다 많다는 것도 논의의 대상이었지만, 인력과 같은 국내 콘텐츠 제작 시장의 생산 요소가 중국 시장으로 빠져 나가면서 발생할 수 있는 부작용에 대한 우려도 적지 않다.

시험대에 선 한국 시장

2019년 미국에서는 디즈니플러스와 애플TV플러스가 서비스를 시작했고 국내에서는 KT가 전용 플랫폼인 시즌을 론칭했다. 넷플릭스는 CJ ENM과 3년간 콘텐츠 제작 및 유통에 대한 제휴를 체결했고 JTBC와도 콘텐츠 제휴를 맺었다.

넷플릭스의 국내 콘텐츠 투자 방식은 크게 두 가지로 나뉜다. 먼저 자사 플랫폼에서 유통할 오리지널 콘텐츠를 제작하고 투자하는 방법이다. 넷플릭스는 국내에 진출하면서 봉준호 감독이 연출한 영화 〈옥자〉의 제작사로 주목받았다. 〈옥자〉의 홍보 효과는 상당했다. 와이즈앱은 〈옥자〉가 공개되기 전인 2017년 6월 이전에 9만 명 수준이던 넷플릭스의 가입자가 〈옥자〉를 공개하면서 20만 명 이상으로 증가했다고 추정한다.[59] 2019년 1월 공개된 드라마 〈킹덤〉의 효과도 컸다. 2018년 1월 110만 명이었던 유료 가입자는 〈킹덤〉 공개 1년 만인 2020년 1월에 200만 명을 돌파했다.[60]

두 번째 방법은 국내 방송사와 제작사가 제작하는 콘텐츠에 공동 투자하고 2차 저작권과 같은 IP를 확보하는 방식이다. 넷플릭스가 280억 원의 제작비를 투자한 〈미스터 션샤인〉이 대표적인 사례다.

넷플릭스 입장에서는 넷플릭스 최초 공개보다 제작비 투자를 통한 IP 확보가 더 중요하다. 플랫폼에서 지속적으로 유통할 콘텐츠가 필요하기 때문이다. 〈옥자〉, 〈킹덤〉의 사례가 보여 주는 것처럼 국내 시장 소비자들과 밀접한 관련이 있는 콘텐츠는 가입자를 늘리는 데 도움이 된다. 국내에서 제작한 콘텐츠는 동아시아에서도 경쟁력이 있어 한국뿐 아니라 동아시아 시장에서도 가입자 증대 효과를 노릴 수 있다. 최근에는 미국과 유럽 시장에서도 국내 콘텐츠를 주목하기 시작했다.

넷플릭스가 국내 콘텐츠 제작 시장에 미칠 영향에 대해서는 기회이자 위협이 될 것이라는 상충된 전망이 공존한다. 우선 넷플릭스의 진입을 기회로 본 전문가들은 넷플릭스의 투자가 제작사의 콘텐츠 제작 기회를 확대할 수 있다고 본다. 글로벌 시장에 진출할 때 현지화 전략을 펴는 넷플릭스가 국내 제작사와 협업할 가능성이 높기 때문이다. 국내 콘텐츠 제작 비용이 높아지고 있는 상황에서 투자가 늘어나는 것은 콘텐츠 제작사 입장에서 반가운 소식일 수밖에 없다. 게다가 콘텐츠 산업은 전형적으로 위험 부담이 큰 산업이다. 방영 이전에 제작비를 상당 부분 확보해 두면, 제작사나 방송사 입장에서는 안정적으로 제작, 송출할 수 있다. 특히 넷플릭스는 비교적 많은 제작비를 지원하고 자유로운 창작 환경을 보장하는 것으로 알려져 있다. 실제로 크게 성공한 대작 드라마 〈미스터 션샤인〉은 넷플릭스에서 제작비를 미리 투자받아 비용 부담을 최소화할 수 있었다.

넷플릭스를 통해 효율적으로 글로벌 유통망을 확보할 수 있다는 것도 긍정적인 효과다. 〈킹덤〉은 190개국에 27개

언어로 유통됐다. 전반적인 외주 제작 환경이 개선될 것이라는 기대감도 있다. 넷플릭스와 같은 투자처에서 제작비를 안정적으로 수급해 주면 제작 여건이 개선될 수 있다는 것이다.

그럼에도 해외 자본의 영향력이 커지면서 발생하는 부정적인 면은 고민할 필요가 있다. 먼저 넷플릭스가 투자하는 엄청난 규모의 제작비에 콘텐츠 업계가 종속될 가능성에 대한 우려가 있다. 국내 제작사가 제작하고 넷플릭스가 투자한 콘텐츠의 2차 저작권과 같은 판권을 넷플릭스가 가져갈 것이라는 주장도 나왔다. 규모가 크지 않은 국내 콘텐츠 제작사들이 넷플릭스와의 교섭 과정에서 우위를 점하기 어렵다는 전망도 있다. 제작사, 방송사, 넷플릭스가 공동으로 제작비를 투자한 경우에는 방영 시점을 결정하는 과정에서 넷플릭스가 우월적 지위를 활용할 수 있다는 우려도 나온다. 일부 대형 제작사가 넷플릭스가 제공하는 투자의 혜택을 독점할 가능성도 크다. 넷플릭스의 영향으로 증가하는 제작비는 영세한 사업자들에게 부정적으로 작용할 수 있다.

현재의 미디어 환경에서 가장 중요한 것 중 하나는 콘텐츠의 저작권 확보다. 방영권만 확보하게 될 경우 중장기적으로 콘텐츠를 활용하는 데 제약이 생긴다. 국내 콘텐츠 시장의 자생력이 악화할 수 있는 요인이다.

글로벌 스트리밍 서비스의 국내 시장 진입은 그 자체로

콘텐츠 제작사의 가치를 높이는 계기가 된다. 넷플릭스는 CJ ENM, JTBC와 3년간 20여 편의 콘텐츠 제휴를 맺었다. 넷플릭스는 CJ ENM의 스튜디오드래곤의 지분 4.99퍼센트를 인수하기도 했다. 업계에서는 디즈니플러스가 국내에 진입하기 전에 넷플릭스가 주요 콘텐츠 제작사와 먼저 협력 관계를 구축한 것 아니냐는 분석도 나온다. 실제로 넷플릭스는 경쟁사들이 늘면서 미국 시장 콘텐츠 수급이 어려워지자 우리나라를 비롯한 해외 콘텐츠 제작사들과의 협력을 강화하고 있다.

국내 미디어 산업의 관점에서는 글로벌 스트리밍 서비스의 국내 시장 진입에 따른 콘텐츠의 장단점을 고려한 대안이 필요하다. 가장 중요한 것은 향후 국내 제작사를 포함한 미디어 기업들이 IP 확보와 같은 문제를 극복하고 중장기적으로 지속 가능한 성장 동력을 마련하는 일이다.

이용자의, 이용자에 의한, 이용자를 위한

달라진 동영상 이용 환경에서 OTT, 스트리밍, 인터넷 방송과 같은 여러 가지 표현들이 혼용되고 있다. OTT가 TV 단말기가 아닌 인터넷을 이용한 동영상 소비를 의미한다면 스트리밍은 동영상을 실시간으로 자유롭게 소비하기 위해 구축된 환경을 의미한다. 인터넷 방송은 인터넷에서 제공되는 동영상이나 팟캐스트를 모두 포괄하는 용어다. 각 용어마다 차이가 있지만 인터넷을 통해 동영상을 소비한다는 점에서는 공통점을 갖고 있다. 동영상 소비를 의미하는 다양한 용어는 동영상을 이용하는 환경이 방송 중심에서 인터넷 중심으로 바뀌고 있다는 사실을 시사한다. 가정 내 TV 수상기와 영화관에 국한되어 있던 동영상 서비스 이용 방식이 확장되었고 시공간의 제약 없이 동영상을 소비할 수 있는 환경이 조성되었다. 스트리밍의 발달로 구축된 새로운 환경에서 이용자는 다양한 방식으로 콘텐츠를 향유한다.

이는 스트리밍 환경이 조성되면서 일어난 핵심적인 변화다. 이용자의 권리가 강화되었다는 것은 두 가지 측면에서 해석할 수 있다. 우선 이용자의 선택지가 무수히 많아졌다. 과거에는 이용 가능한 동영상 플랫폼이 제한되어 있었다. 유료 방송에서 다채널을 제공하고 인터넷을 통해 동영상이 유통되었다 하더라도 경쟁력 있는 콘텐츠를 제공하는 플랫폼은 TV

나 영화관 등이었다. 그런데 넷플릭스, 아마존과 같은 사업자들이 공격적으로 콘텐츠에 투자하면서 스트리밍 플랫폼의 질적 가치가 높아지기 시작했고, 레거시 영역의 사업자들도 스트리밍 시장에 진입하면서 이용자들의 실질적인 선택권이 확대되고 있다.

이용자들은 이제 본인이 원하는 최적의 환경을 선택해 콘텐츠를 소비할 수 있다. 과거에 방송과 영화는 명확하게 구분된 영역이었다. 영화는 극장에서만 볼 수 있는 콘텐츠였고, 일정 기간이 지나야 다른 매체에서도 볼 수 있었다. 본 상영에 이어 다른 플랫폼으로 옮기는 기간을 뜻하는 홀드백hold back은 통상 3개월, 아무리 짧아도 2~3주가 관행이었다. 그러나 넷플릭스에서 제작하는 영화는 극장 개봉과 동시에 공개되거나 일주일 정도의 짧은 홀드백을 둔다. 넷플릭스 오리지널은 영화 콘텐츠의 장르를 새롭게 정의하는 것을 넘어 시청 환경의 지평을 넓히고 있다.

〈기생충〉과 함께 아카데미 최우수 작품상 후보에 오른 넷플릭스 오리지널 영화 〈아이리시맨〉의 러닝 타임은 세 시간 반에 이른다. 극장에서 오랜 시간 영화를 관람하는 것을 꺼리는 이용자에게는 견디기 어려운 시간일 수 있다. 그러나 시청각적 경험을 중시하는 이용자들은 영화관에 가는 것을 선호한다. 넷플릭스에 가입했을지라도 극장에 가서 〈아이리시맨〉을 보는 이용자들이 적지 않다. 미국에서 2019년 추수감사절 연휴 기간 영화표 판매량이 전년 대비 16퍼센트 감소했는데, 그 이유가 대형 극장 체인과 넷플릭스의 의견 차이로 〈아이리시맨〉이 많은 극장에서 개봉하지 않았기 때문이라는 분석도 있었다.[61] 달라진 환경에서 이용자의 선택권은 콘텐츠를 소비하는 장소와도 관련되어 있다. 이에 따라 영화를 관람할 수 있는 방식은 보다 더 다양해질 것이다.

스트리밍 시대의 이용자는 소비의 공간뿐 아니라 시간도 선택할 수 있다. 몰아보기가 일종의 사회적 현상이 된 이유도 동영상을 소비하는 문화적 실천 행위가 이용자의 삶에 깊숙이 침투해 이용자의 주도 아래 이뤄지고 있기 때문이다. 과거 동영상 이용은 이용자의 삶을 구조적으로 통제하는 행위에 가까웠다. 90년대 초반 국내에서 큰 인기를 끌었던 드라마 〈모래시계〉의 별칭은 '퇴근 시계'였다. 드라마 시청을 위해 일정을 조정하고 집으로 가야만 했던 것이다. 미디어가 이용자의 삶에 어떤 영향을 미쳤는지 알 수 있는 사례다.

비평의 측면에서 최상위급 평가를 받는 콘텐츠부터 10초 내외로 소비할 수 있는 가벼운 콘텐츠까지 콘텐츠 유형에 따른 선택 폭도 넓어졌다. 최근에는 많은 시간과 몰입을 요구하는 롱폼 콘텐츠 못지않게 숏폼 콘텐츠가 주목받고 있다. 유튜브와 틱톡 등의 플랫폼을 통해 확산된 숏폼 콘텐츠는 검색 용도로도 사용되고 있다. 유튜브나 페이스북을 검색 플랫폼으로 이용하는 소비자들은 자신이 원하는 정보를 동영상의 형태로 접하는 것이다. 바쁜 현대인들에게 짧은 시간 동안 소비할 수 있는 숏폼 콘텐츠가 갖는 유용성은 높을 수밖에 없다.

기하급수적으로 증가하는 스트리밍 플랫폼도 소비자의 선택권을 강화하고 있다. 넷플릭스, 디즈니플러스, 애플TV플러스와 같은 플랫폼을 구독하는 이용자들은 수많은 선택지 속에서 콘텐츠를 고르고 추천받으며 소비하고 있다. 구독 중인 플랫폼의 콘텐츠 구성이 빈약하거나 추천 시스템에 신뢰가 가지 않을 경우 갈아탈 수 있는 대안은 늘고 있다.

이용자들은 또한 콘텐츠와 서비스에 대한 의견을 더 적극적으로, 쉽게 전달할 수 있게 되었다. 우선 개인 SNS 페이지, 블로그 등과 같은 플랫폼으로 의사를 표현하는 이용자들이 늘고 있다. 무엇보다 사업자들이 이용자 데이터를 적극적으로 활용하려 하면서 이용자의 반응이나 피드백은 무시할 수 없는 사업의 핵심 자원이 되었다.

이제는 누구나 콘텐츠 제작자가 될 수도 있다. 미디어 영역에서 생산자와 소비자의 정체성을 모두 갖고 있는 이용자를 뜻하는 '생비자prosumer'의 개념은 단순한 수사가 아니다. 직접 콘텐츠 제작에 참여하지 않더라도 간접적으로 이용자의 의견이 콘텐츠 제작에 반영되는 경우가 늘고 있다. 넷플릭스의 〈블랙 미러: 밴더스내치Black Mirror: Bandersnatch〉는 이용자의 선택에 따라 줄거리가 달라지는 인터랙티브 콘텐츠다. 이용자의 선택에 따라 결말이 다섯 가지로 달라진다.[62] 이용자의 행위를 분석한 데이터로 맞춤형 서비스를 제공하는 것을 넘어 이용자의 의견을 스토리에 직접 반영하려는 움직임이다.

미디어 환경을 주도하는 것은 진화한 기술이 아니라 이용자의 변화다. 스트리밍 시대의 기술은 이용자의 니즈를 중심으로 발전해 왔고 앞으로도 그럴 것이다. 기술철학자 앤드루 핀버그Andrew Feenberg는 기술은 가치 중립적이지 않으며 사회의 필요에 따라 발전한다고 주장한다.[63] 기술의 진화는 가능성을 제시할 뿐, 기술의 효용과 이용 방법을 결정하는 것은 이용자라는 것이다. 하버드 경영대학원 교수 탈레스 테이셰이라Thales Teixeira도 진정한 파괴자는 기술과 사업자의 전략이 아니라 소비자라고 지적했다.[64] 스트리밍 사업자들이 이용자가 무엇을 원하는지 파악하기 위해 부단히 노력해 온 이유도 바로 여기에 있다. 새로운 미디어 생태계는 결국 이용자가 만들어 나갈 것이다.

문화 자본으로서의 콘텐츠

동영상을 포함한 문화 영역이 산업화된 것은 불과 100여 년밖에 되지 않았다. 1차 세계 대전과 2차 세계 대전을 거치면서 교통과 통신 기술이 비약적으로 발전했고 그 과정에서 방송, 영화 같은 영상 상품이 대량으로 유통되기 시작했다. 근대 이전 문화·예술 영역은 소수 귀족들이 향유하는 전유물이었다. 근대화가 이루어지고 기술이 발전함에 따라 일반인들도 비교적 저렴한 가격으로 문화를 향유할 수 있게 되었다. 그런데 이러한 변화를 모두가 환영한 것은 아니었다. 프랑크푸르트학파의 두 사상가 막스 호르크하이머Max Horkheimer와 테오도로 아도르노Theodor Adorno는 문화 산업이 태동하던 시기에 《문화 산업: 대중 기만으로서의 계몽》을 통해 방송과 같은 문화 산업에 대한 비판적인 시각을 드러낸다.[65] 이들이 문화 산업의 대량 생산에 반대하는 이유는 다음과 같다. 첫째, 문화 상품을 소비하는 대중들이 자신의 의견을 전달할 방법이 없다는 구조적인 한계를 지적했다. 둘째, 문화 상품이 대량으로 생산되는 환경에서는 문화 상품이 동질화될 것을 우려했다. 마지막으로 문화 영역이 산업화되면 문화를 제공하는 사업자들은 대중들의 이목을 끄는 것에만 혈안이 되어 상품의 가치가 떨어질 수 있다고 비판했다.

그러나 호르크하이머와 아도르노의 진단은 아날로그 시대의 한계를 반영하는 것이다. 아날로그 시대에는 시청자와 관객은 방송이나 영화와 같은 문화 상품에 의견을 전달하기가 매우 어려웠을 뿐 아니라 콘텐츠를 전달하는 유통 창구가 소수였기 때문에 다양한 콘텐츠를 직접 생산하는 것도 현실적으로 불가능했다.

스트리밍 시대를 맞이한 지금의 상황은 많이 달라졌다. 스트리밍 플랫폼에서는 방송에서 공급하는 프로그램부터 직접 제작한 오리지널 콘텐츠, 이용자가 직접 제작에 기여한 콘텐츠에 이르기까지 무수히 많은 종류의 콘텐츠와 서비스가 제공되고 있다. 이용자들은 콘텐츠에 대해 적극적으로 의견을 표명할 수 있고, 스토리텔링에도 개입하고 있다. 20세기 초에 호르크하이머와 아도르노가 걱정했던 것과 달리 문화산업은 이용자 위주의 시장이 되어가고 있다.

콘텐츠 사업자들이 대중의 이목을 끄는 데에만 혈안이 되어 콘텐츠의 가치가 떨어질 것이라는 전망도 지금의 현실에 적용하기 어렵다. 넷플릭스는 아카데미 시상식을 포함한 각종 영화제에서 수상할 만큼 비평적으로 가치 있는 콘텐츠를 제작하고 있다. 상업적이라고 비판받던 디즈니도 최근 몇 년 사이 정치적 올바름political correctness을 강조하는 콘텐츠를 만들고 있다. 다양한 인종의 배우나 캐릭터를 등장시키고 주요 캐릭터의 성 역할을 새롭게 제시하며 과거 할리우드에서 비판받았던 관행을 혁신하고자 노력하고 있다. 워너브라더스가 내놓은 영화 〈조커Joker〉는 기존 히어로물과는 거리가 먼 예술성 짙은 작품으로 2019년 베니스 영화제에서 작품상을 수상하기도 했다.

넷플릭스, 디즈니, 워너브라더스처럼 상업적 이윤을 추구하는 엔터테인먼트 기업들이 비평적으로 가치 있는 콘텐츠를 만들기 시작한 배경에는 이용자가 있다. 이용자들은 비용을 지불하고, 시간을 들여 이용하는 동영상 서비스가 가급적이면 문화적으로도 가치 있는 것이기를 바란다. 남에게 보여주기 위한 콘텐츠 소비를 지향하는 이용자들은 비평적으로 가치 있고 정치적으로도 올바른 콘텐츠를 추구한다. 콘텐츠가 홍수처럼 범람하는 시대에 가치 있는 콘텐츠는 희소하다. 수준 높은 콘텐츠를 선호하는 경향은 더욱 확산될 것이다. 이제 동영상을 제공하는 사업자들은 이용자들에게 선택받기 위한 일종의 평판 관리를 해야 하는 상황에 놓였다.

스트리밍 서비스를 소비하는 것은 여가 활동에 속하지만 귀중한 돈, 시간, 노력을 들여 스트리밍 서비스를 소비하는 이용자들은 콘텐츠를 통해 문화 자본을 획득하려 한다. 문화 자본cultural capital은 피에르 부르디외Pierre Bourdieu가 처음 소개한 개념으로 자신이 가지고 있는 경제력, 교육 수준과 같은 사회적 배경에 따라 축적되는 문화와 관련된 능력을 의미한다.

이제 스트리밍 시대에 유통되는 동영상 콘텐츠들은 단순히 산업적인 의미를 넘어서 고유한 문화적 가치를 창출하고 있다. 〈기생충〉을 통해 콘텐츠가 가진 비평적 가치와 문화적 가치에 대한 관심이 고조되고 있는 국내에서도 이에 대한 관심은 더욱 높아질 것이다.

미디어, 협치의 생태계로

우리나라에서는 여전히 방송이라는 단어가 일상적으로 사용되고 있다. '방송'의 사전적인 의미는 '라디오와 텔레비전에 음성이나 영상을 전파로 내보내는 일'이지만 이제는 콘텐츠를 내보내는 기술적인 용어보다는 영상을 공개하고 유통하는 사회적 행위 전반을 나타내는 용어에 가깝다.

스트리밍 서비스가 확산되면서 방송과 스트리밍을 구분하는 경계를 둘러싼 논쟁도 이어지고 있다. 우선 편성의 문제가 있다. 넷플릭스가 제공하는 맞춤형 서비스를 기존 방송 편성이 진화한 형태라고 봐야 하는 것인지, 아니면 전혀 새로운 것으로 이해해야 하는지가 쟁점이 되는 것이다. 편성은 방송의 성격을 규정하는 중요한 개념이다. 프로그램이 지닌 가치 못지않게 어떤 시간대에 편성되느냐가 시청자의 선택을 좌우하는 중요한 요소였다. 이용자가 인터페이스에 접근해 보고 싶은 콘텐츠를 직접 선택하거나 플랫폼이 추천해 주는 콘텐츠를 소비하는 스트리밍 환경에서의 편성 개념은 다를 수밖에 없다.

넷플릭스는 오리지널 콘텐츠 제공 방식에 대해 방송 편

성을 의미하는 용어인 프로그래밍programming이라는 표현을 쓴다. 구조적으로도 고전적인 편성 개념이나 이용자 선호도를 고려하여 맞춤형 콘텐츠를 추천하는 스트리밍 사업자들이나 이용자의 관심을 끌기 위한 전략이라는 점에서는 본질적으로 큰 차이가 없다. 그러나 방송과 스트리밍 서비스가 콘텐츠를 제공하는 방식은 다르다. 기존 방송 편성은 시간 흐름에 따른 편성이었다면 넷플릭스와 같은 스트리밍 사업자들은 공간 편성에 초점을 맞춘다. 이용자가 서비스에 접속했을 때 접하게 되는 인터페이스가 콘텐츠 선택에 영향을 준다는 점을 고려해 인터페이스를 어떻게 구성하고 배치하는지를 결정하는 것이 공간 편성이다.

미디어 산업을 움직이는 주체도 달라지고 있다. 과거에는 소수의 방송 사업자들과 이들을 규제하는 정부가 미디어 산업을 이끌었다. 정부가 방송 사업자에게 면허를 주면 각 사업자는 제약에 따라 움직이고 광고를 따내기 위해 경쟁했다. 하지만 새로운 스트리밍 생태계는 정부 면허가 아닌 기술 혁신을 통해 시장에 진입한 사업자들로 구성된다. 사업자의 수가 늘면서 이용자의 영향력도 커지고 있다.

이에 따라 규제에 대한 접근 방식이 달라지고 있다. 방송은 강한 규제의 대상이었다. 스트리밍 서비스가 기존 방송과 유사한 형태의 콘텐츠를 유통하면서 인터넷 콘텐츠를 규제해야 한다는 주장이 제기되고 있는 이유다. 그러나 현재의 미디어 환경을 구성하는 스트리밍 서비스와 같은 인터넷 영역은 정부의 면허나 허가에 의해 형성된 생태계가 아니다. 정부의 영향권 밖에 있는 서비스를 정부가 규제할 권한이 있는지에 대해 논란이 생길 수밖에 없다.

우리가 고려해야 할 것은 미디어 생태계가 사업자, 정부, 이용자가 함께 만들어 나가는 문화적 제도라는 점이다. 문화적 제도는 규제 관점에서의 법·제도가 아닌 생태계를 이끌어 나가는 역학 관계를 의미한다. 그리고 이 문화적 제도는 사업자의 혁신, 이용자의 선택, 정부의 조정이 맞물려 함께 만들어 나가는 형태로 발전해야 한다.[66]

이제 정부는 통제자가 아닌 조정자의 역할을 수행해야 한다. 사업자가 자유롭게 혁신할 수 있는 환경을 조성하면서 이용자가 얻는 혜택을 극대화할 수 있는 기반을 제공하는 것이다. 이용자, 사업자, 정부가 함께 만들어 나가는 미디어 생태계는 일방의 힘이 주도하는 공간이 아니라 서로 협력해 나가는 협치의 생태계로 발전하고 있다.

방송과 스트리밍 서비스의 경계를 구분하는 일은 갈수록 어려워질 것이다. 넷플릭스는 기존 방송 사업자와 영화 제작사들에게 콘텐츠를 공급받아 서비스하고 있고, 애플은 다양한 생태계에 폭넓게 발을 걸치고 있다. 아마존은 쇼핑, 음

악, 동영상을 함께 서비스하고 있다. 분야별로 나뉘었던 영역이 융합되면서 다양한 종류의 사업자들이 미디어 생태계 내에서 새로운 경쟁 구도를 만들어 갈 것이다. 이용자에게 직접 콘텐츠를 제공하지 않았던 디즈니와 애플 같은 사업자들이 스트리밍 시장에 뛰어드는 데에는 분명한 이유가 있다. 콘텐츠 서비스와 생활 영역의 서비스가 미디어 분야에서 만나고 있기 때문이다. 무엇보다 동영상 소비는 단순한 만족으로 끝나지 않고 이용자의 삶에 영향을 미친다.

4차 산업혁명, 디지털 대전환 등 사회 구조 변화를 둘러싼 논의에서 공통적으로 강조되는 방향이 융합이다. 미디어 생태계도 마찬가지다. 미디어 안에서 나뉘어 있던 분야들이 서로 경쟁하고 공존하는 방향으로 나아가고 있다. 미디어 생태계는 스트리밍으로 수렴되고 있고 이 생태계는 이용자를 중심으로 사업자와 정부가 협력하는 장이 될 것이다.

에필로그

미디어 산업의 미래를
내다보는 단 하나의 키워드

2020년 전 세계는 코로나19라는 예상치 못한 변수를 만났다. 세계보건기구WHO는 3월 11일 팬데믹을 선언했고 각국 정부는 코로나19 방역을 위한 '사회적 거리 두기' 캠페인을 실시했다. 코로나 영향이 장기화되자 세계적으로 산업 활동은 마비되고 경제는 불황을 맞았다. 그런데 이런 상황에서도 스트리밍 산업은 성장하고 있다. 집에서 보내는 시간이 길어지면서 스트리밍 이용 시간이 증가했고, 넷플릭스 구독자 수는 1분기에 전 세계적으로 1600만 명이 늘었다. 스트리밍 서비스의 비중이 급격한 속도로 커지고 있고 영상 콘텐츠 시대의 막을 열었던 영화 산업의 미래는 불투명하다.

영화 산업의 위기를 코로나로 인한 일시적인 현상이라고 보는 시각도 있지만, 이번 사태는 영상 소비 방식의 변화를 가속화하는 기점이 될 것이다. 스트리밍 서비스로 이동한 관객은 다시 영화관으로 돌아가지 않을지도 모른다. 영상 산업의 패권이 스트리밍으로 넘어갈 수 있는 것이다.

변화가 일어나고 있다는 사실은 분명하지만, 그 방향을 예상하기는 어렵다. 코로나19 팬데믹 사태가 스트리밍 사업자들에게 마냥 좋은 소식만은 아니다. 디즈니는 디즈니플러스의 약진에도 불구하고 영화 산업 침체로 사업 경영에 직격탄을 맞았다. 넷플릭스는 콘텐츠 제작 일정을 연기하며 주기적으로 나와야 할 오리지널 콘텐츠를 만들지 못하고 있다. 플랫폼 이용량은 증가하는데 정작 볼거리는 확보하지 못하는 상황이 지속되면 이용자의 만족도는 떨어질 수밖에 없다. 글로벌 사업자들의 해외 진출이 연기되기도 했다. 디즈니플러스는 2020년 3월 24일에 예정되어 있던 프랑스 론칭 날짜를 4월로 늦추는 결정을 내렸다. 국내 론칭은 몇 차례 미뤄진 후 2021년 11월이 되어서야 이루어졌다.

미디어 업계의 변화 속도가 빠르다는 점도 예측을 어렵게 한다. 넷플릭스가 처음 스트리밍 서비스를 시작했을 때만 해도 미디어 시장에 본질적인 변화를 일으키는 사업자로 성장할 것이라고 생각한 사람은 없었을 것이다. 데이터 기반 맞춤형 서비스를 제공하던 넷플릭스가 오리지널 콘텐츠를 제작하면서 도약하고, 전 세계에서 가장 많은 유료 가입자를 확보하는 동영상 구독 플랫폼으로 자리매김해 아카데미에 도전할 것이라고 상상하기는 어려웠다.

게다가 변화는 한 방향으로만 일어나지 않는다. 스트리밍 서비스가 처음 등장했을 때는 넷플릭스와 같은 혁신 사업자들이 레거시 미디어를 위협했지만 이제는 레거시 미디어들이 스트리밍 거인 넷플릭스에 반격하고 있다. 디즈니는 자사 콘텐츠를 넷플릭스에서 내리기 시작했고, 16년 만에 재방영 계획이 발표된 미국의 국민 시트콤 〈프렌즈Friends〉도 넷플릭스에서 볼 수 없다.

포스트 스트리밍 시대의 전망은 불투명하다. 그러나 한 가지 분명한 것이 있다. 미디어 산업은 결국 이용자가 주도하는 생태계라는 것이다. 스트리밍 이용자는 언제, 어디서든 자유롭게 동영상을 이용할 수 있다. 이용자에게 주어진 선택권은 곧 생태계를 이끄는 힘이 된다. 콘텐츠, 기술, 규제를 둘러싼 다양한 논의들이 이용자에 대한 면밀한 이해를 바탕으로 이루어져야 하는 이유다.

주

1 _ 넷플릭스 홈페이지 소개 내용을 참조했다. www.media.netflix.com/en/about-netflix

2 _ 지나 키팅(박종근譯), 《넷플릭스, 스타트업의 전설》, 한빛비즈, 2015.

3 _ Blake Morgan, 〈What Is The Netflix Effect?〉, 《Forbes》, 2019. 2. 19.

4 _ 창의적 참여(creative participation), 적극적 참여(active consumption) 등을 기준으로 콘텐츠에 대한 이용자 수요를 조사한 결과다. Parrot Analytics, 〈The Global Television Demand Report 2019〉, 2019.

5 _ Elia Margarita Cornelio-Mari, 〈Digital Delivery in Mexico: A Global Newcomer Stirs the Local Giants〉, 《The Age of Netflix》, McFarland & Company, 2017, pp. 201-228.

6 _ Netflix, 〈Regional Membership and Revenue Data〉, 2019. 12. 16.

7 _ 정확히는 6022만 9000명에서 6010만 3000명으로 12만 6000명 감소했다. Netflix, 〈Q3 2019 Financial Statements〉.

8 _ Todd Spangler, 〈Streaming Video Consumer Spending to Jump 29% in 2020 to $24 Billion, CTA Forecasts〉, 《Variety》, 2020. 1. 5. 재인용.

9 _ Parrot Analytics, 〈Learning from Netflix's Predicament〉, 2019. 11. 13.

10 _ 〈The Television Will Be Revolutionised〉, 《The Economist》, 2018. 6. 30.

11 _ James G. Webster, 〈Beneath the veneer of fragmentation: Television audience on polarization in a multichannel world〉, 《Journal of Communication》, 55(2), 2005, pp. 366-382.

12 _ Deirdre O Donnell, 〈46% of US households with broadband have multiple

streaming subscriptions now〉,《Notebookcheck》, 2019. 10. 8. 재인용.

13 _ 제임스 웹스터(백영민 譯),《관심의 시장》, 커뮤니케이션북스, 2016.

14 _ Rina Raphael, 〈Netflix CEO Reed Hastings: Sleep Is Our Competition〉, 《Fast Company》, 2017. 6. 17.

15 _ 스콧 갤러웨이(이경식 譯),《플랫폼 제국의 미래》, 비즈니스북스, 2018.

16 _ Elaine Low, 〈Disney ditches Twitter, but does distribution talk point to Netflix?〉,《Inversor's Business Daily》, 2016. 10. 6.

17 _ www.dtcimedia.disney.com/about

18 _ Julia Alexander, 〈Disney+ surpasses 10 million subscribers on first day〉, 《The Verge》, 2019. 11. 13.

19 _ Todd Spangler, 〈Disney Plus Signed up 24 Million U.S. Subscribers in November and Took Bite Out of Netflix, Analysts Estimate〉,《Variety》, 2019. 12. 18.

20 _ Janko Roettgers, 〈Disney Projected to Top 130 Million Online Video Subscribers in 5 Years (Analyst)〉,《Variety》, 2019. 6. 13.

21 _ Anthony Ha, 〈Disney is taking operational control of Hulu, with Comcast selling its stake in 2024〉,《TechCrunch》, 2019. 5. 14.

22 _ 티엔 추오 · 게이브 와이저트(박선령 譯),《구독과 좋아요의 경제학》, 부키, 2018.

23 _ www.trends.google.com/trends/yis/2019/US/

24 _ Henry St Leger, 〈Disney Plus vs Netflix: who will win〉,《Techradar》, 2019. 11. 14.

25 _ Joan E. Solsman, 〈Netflix takes swipe at Disney Plus by adding still more members worldwide〉, 《CNET》, 2020. 1. 22.

26 _ Martin Scorsese, 〈Martin Scorsese: I Said Marvel Movies Aren't Cinema. Let Me Explain.〉, 《The New York Times》, 2019. 11. 4.

27 _ Julia Boorstin, 〈Why Disney's Surprise $4 Billion Marvel Acquisition Makes Sense〉, 《CNBC》, 2009. 8. 31.

28 _ 노창희, 〈트랜스미디어 시대 미디어 산업의 향방〉, 《아주경제》, 2019. 8. 7.

29 _ 헨리 젠킨스(김정희원·김동신 譯), 《컨버전스 컬처》, 비즈앤비즈, 2008.

30 _ David Sims, 〈Hollywood makes way for the Disney-Fox Behemoth〉, 《The Atlantic》, 2019. 3. 21.

31 _ 마이클 스미스·라홀 텔랑(임재완·김형진 譯), 《플랫폼이 콘텐츠다》, 이콘, 2018.

32 _ Apple, 〈Q4 FY consolidated financial statements〉, 2019.

33 _ 서비스 관련 매출은 1087억 달러에서 1271억 달러로 상승하였다. Apple, 〈Q1 FY consolidated financial statements〉, 2020.

34 _ Kif Leswing, 〈Apple's App Store had gross sales around $50 billion last year, but growth is slowing〉, 《CNBC》, 2020. 1. 8.

35 _ 스콧 갤러웨이(이경식 譯), 《플랫폼 제국의 미래》, 비즈니스북스, 2018.

36 _ 티엔 추오·게이브 와이저트(박선령 譯), 《구독과 좋아요의 경제학》, 부키, 2018.

37 _ Kif Leswing, 〈Apple signs exclusive deal with former HBO boss to make movies, TV and documentaries〉, 《CNBC》, 2020. 1. 2.

38 _ Mike Reyes, 〈Apple TV plus is investing $6 billion on original content, here's how it's being spent〉, 《Cinema Blend》, 2019, 9, 2.

39 _ 소스타인 베블런(김성균 譯), 《유한계급론》, 우물이있는집, 2012, 108쪽.

40 _ 천혜선·노창희·이순환·전주혜·이찬구, 《신유형 미디어 서비스에 대한 법제도 개선방안 연구》, 과학기술정보통신부, 2018.

41 _ Federal Communications Commission FCC 19-110, Before the Federal Communications Commission Washington, D.C. 20554.

42 _ 과학기술정보통신부, 〈2019년 상반기 유료 방송 가입자 수 및 시장 점유율 발표: 유료 방송 가입자 3,303만명으로, 2018년 대비 54만 증가〉, 2019.12.12.

43 _ 박원익, 〈"넷플릭스 한국 유료 이용자 200만"… 2030이 주도〉, 《조선비즈》, 2019. 11. 12.

44 _ 강은성, 〈"SKT의 힘"…토종 OTT 웨이브, 두 달만에 넷플릭스 제쳤다〉, 《뉴스1》, 2020. 1. 1.

45 _ 노성인, 〈OTT 독자 콘텐츠 확보 전쟁.. 골라먹는 재미 ↑ 다수의 OTT가입, 프리미엄 계정 공유 늘어〉, 《이코노믹리뷰》, 2020. 2. 2.

46 _ 2018년 국내 모바일을 포함한 온라인 광고는 2017년 대비 19.7퍼센트 증가한 5조 7172억 원이다. 과학기술정보통신부·한국방송광고진흥공사, 《2019 방송통신광고비 조사 보고서》, 2019.

47 _ 2018년 국내 방송 광고는 2017년보다 7.5퍼센트 감소한 3조 6546억 원이다. 과학기술정보통신부·한국방송광고진흥공사, 《2019 방송통신광고비 조사 보고서》, 2019.

48 _ Todd Spangler, 〈Netflix spent $12 billion on content in 2018. Analysts expect that to grow to $15 billion this year〉, 《Variety》, 2019. 1. 18.

49 _ Financial Times (Apple); BMO Capital Markets (Netflix); Credit Suisse (Disney, Viacom CBS); RBC Capital Markets, SNL Kagan, Company Reports의 자료를 바탕으로 Variety Intelligence Platfrom이 작성한 차트를 Todd Spangler, ⟨Netflix projected to spend more than $17 billion on content in 2020⟩, 《Variety》, 2020. 1. 6. 재인용.

50 _ Todd Spangler, ⟨Netflix projected to spend more than $17 billion on content in 2020⟩, 《Variety》, 2020. 1. 6.

51 _ 김문기, ⟨넷플릭스 '가로채기'로 韓 OTT '웨이브' 콘텐츠 확보 난항⟩, 《아이뉴스24》, 2019. 7. 24.

52 _ 도민선, ⟨CJ ENM 이어 JTBC도 '넷플릭스號' 탑승⟩, 《아이뉴스24》, 2019. 11. 25.

53 _ 과학기술정보통신부·방송통신위원회, 《2019년 방송 산업 실태 조사 보고서》, 2019.11.30.

54 _ 노동렬, ⟨드라마 제작 산업의 가격 결정 메커니즘⟩, 《한국콘텐츠학회논문지》, 16(2), 2016, 618-632쪽.

55 _ 장서윤, ⟨생존 위기 내몰린 토종 OTT 기업…팔 걷어부친 정부⟩, 《주간한국》, 2022. 12. 26.

56 _ 노동렬, ⟨방송 드라마 제작 산업의 가동 원리: 인센티브 버블⟩, 《방송문화연구》, 27(1), 2015, 103-137쪽.

57 _ 김소연, ⟨'동백꽃 필 무렵' 드라마 뜨자 제작사 시총 순식간에 330억 원 증가⟩, 《한국경제》, 2020. 1. 26.

58 _ 배정원, ⟨[중국의 한류 장악기] ⑤재주는 송중기가 부리고 돈은 왕서방이 번다… '태후'로 1000억원 넘게 번 中 플랫폼⟩, 《조선비즈》, 2016. 8. 2.

59 _ 정미하, 〈'옥자' 탄 넷플릭스, 美외 가입자 5200만에 월매출 1조〉, 《IT 조선》, 2017. 7. 18.

60 _ 백선하, 〈'킹덤 효과' 넷플릭스 국내 이용자 240만 돌파…1년 새 3배〉, 《방송기술저널》, 2019. 3. 28.

61 _ 남빛나라, 〈추수감사절 북미 영화 매출 16퍼센트 감소…'아이리시맨' 영향?〉, 《뉴시스》, 2019. 12. 2.

62 _ 김태우, 〈넷플릭스가 '블랙 미러: 밴더스내치' 전에 만든 인터랙티브 콘텐츠 3〉. 《허핑턴포스트》, 2019. 1. 2. 재인용.

63 _ 앤드류 핀버그(김병윤 譯), 《기술을 의심한다: 기술에 대한 철학적 물음》, 당대, 2018.

64 _ 탈레스 S. 테이세이라(김인수 譯), 《디커플링》, 인플루엔셜, 2019. 26쪽.

65 _ 막스 호르크하이머·테오도르 W. 아도르노(김유동 譯), 《계몽의 변증법: 철학적 단상》, 문학과지성사, 2001.

66 _ 노창희, 〈이용자의 선택이 바꾸는 OTT 생태계〉, 《아주경제》, 2019. 12. 17.

북저널리즘 인사이드   포스트 스트리밍,
콘텐츠에서 컨테이너로

스트리밍 시장은 이미 포화 상태다. 해외에서는 넷플릭스를 필두로 HBO, 디즈니플러스, 애플TV플러스, 홀루, 아마존 등 쟁쟁한 사업자들이 스트리밍 플랫폼 사업에 뛰어들었다. 동영상 콘텐츠를 소비하기 위해 유료 구독 서비스에 가입하는 사람은 매년 증가하고 있고 이제 스트리밍 플랫폼은 전기, 인터넷, 스마트폰처럼 없어서는 안 되는 필수 서비스가 됐다.

콘텐츠 사업자들은 이용자의 선택을 받기 위해 치열한 경쟁을 벌이고 있다. 그동안 글로벌 스트리밍 기업들의 초점은 콘텐츠였다. 누가 더 좋은 콘텐츠를 더 많이 보유하고 있느냐가 핵심 경쟁력이었던 것이다. 미국의 글로벌 콘텐츠 상위 10개 사업자들은 2019년 오리지널 콘텐츠에 약 1129억 달러 (139조 원)를 투자했다. 디즈니는 방대한 콘텐츠 라이브러리를 보유하기 위해 ABC, 픽사, 마블, 21세기 폭스 등 콘텐츠 사업자들을 꾸준히 인수해 왔다. 2020년 1분기 1600만 명의 가입자를 확보한 넷플릭스는 선두를 유지하기 위해 오리지널 콘텐츠 제작에 173억 달러(20조 원)를 투자할 것으로 전망된다.

엔터테인먼트 산업은 콘텐츠의 품질 제고에 집중하며 CG, 편집, 촬영 등 제작 기술을 꾸준히 도입했다. 반면 콘텐츠를 유통하고 배급하는 방식은 여전히 과거에 머물러 있었다. 그러다 언제, 어디서나 콘텐츠를 볼 수 있는 스트리밍 환경이 조성되기 시작했고 이용자를 사로잡기 위해서는 유통과 배급 서비스의 측면에서 불편을 해소하는 기술이 필요한 시대를 맞았다. "콘텐츠 라이브러리가 아무리 방대해도 소비자와의 직접 접점이 없다면 소용이 없다"는 디즈니 전 CEO 밥 아이거의 말은 플랫폼의 경쟁력이 콘텐츠 자체가 아닌 서비스의 기술에 있음을 보여 주고 있다.

스트리밍 플랫폼의 수준 높은 콘텐츠는 이제 비즈니스의 전제가 되었다고 볼 수 있다. 한마디로 콘텐츠의 질이 평준화된 것이다. 스트리밍 플랫폼이 다음 단계로 도약하기 위해서는 콘텐츠를 담는 방식, 컨테이너의 경쟁력을 높이는 기술이 필요하다. 이용자가 보고 싶어 하는 콘텐츠를 추천해 주고 플랫폼 사용 경험을 편리하게 만들 수 있어야 한다. 스트리밍 플랫폼 포화 상태에서 혁신의 핵심은 사용 경험을 극대화하는 유통, 배급의 기술이다.

저자는 미디어 생태계가 방송에서 스트리밍 중심으로 옮겨 가는 과정에서 변화의 흐름을 이용자가 주도하고 있다고 말한다. 방송 중심의 미디어 시장이 정부나 지상파 방송사에 의해 움직였다면, 스트리밍 시대는 이용자가 이끌고 있다는 것이다. 스트리밍 플랫폼이 늘어나면서 선택지가 많아진 이용자들은 콘텐츠와 서비스에 대한 의견을 더 적극적으로, 쉽게 전달할 수 있게 되었다. 사업자들이 더 적극적으로 이용자 중심의 사고를 해야 하는 이유다.

"콘텐츠는 킹메이커고 플랫폼이 킹이다(Content is a kingmaker but platform is a king)." 퀴비의 공동 창업자 제프리 카젠버그는 콘텐츠 플랫폼이 주목해야 할 방향을 이렇게 말한다. 방점은 콘텐츠가 아닌 플랫폼에 찍혀 있다. 콘텐츠의 양과 질이 아니라 제공하는 방식, 사용자를 관리하는 방식 등 컨테이너의 경쟁력에 집중해야 할 때라는 것이다. 이제 콘텐츠가 아닌 컨테이너가 이용자를 사로잡는 시대가 오고 있다.

박윤진 에디터